D   1432.

DÉTAIL

AUTHENTIQUE

DE L'ASSASSINAT

COMMIS

Sur M.gr le Duc de BERRY.

> Maudit soit celui qui viole la justice
> dans la cause *de la veuve et de
> l'orphelin*, et tout le peuple ré-
> pondra *Amen.* (*Deutér.* 27. 19.)
> Lisez et frémissez, vous êtes Français.

A NANCY,

DE L'IMPRIMERIE DE C.-J. HISSETTE.
27 Février 1820.

DÉTAIL

AUTHENTIQUE

DE L'ASSASSINAT

COMMIS

Sur M.ᵉʳ le Duc de BERRY.

Un exécrable attentat vient de plonger la famille royale et la France entière dans le deuil : S. A. R. M.ᵉʳ le duc de Berry a été assassiné dimanche 13 février !...

Nous croyons devoir rassembler ici tous les renseignemens authentiques et officiels publiés par différens journaux sur cet affreux parricide.

Tout (1) ce que nous allons rapporter nous a été transmis par des témoins oculaires, qui n'ont pas quitté le Prince un seul instant, depuis le coup qui l'a frappé jusqu'à l'heure de sa mort. Le récit que nous présentons est extrait des différens récits qui nous ont été envoyés revêtus de la signature de leurs auteurs ;

---

(1) *Journal des Débats*, du 15 février.

et quand le nom de ces témoins respectables ne suffi-
roit pas pour garantir l'exactitude des faits, la confor-
mité absolue de ces narrations diverses, rédigées sépa-
rément l'une de l'autre, seroit une preuve de leur
fidélité.

Hier, 13 février, on donnoit spectacle, par extra-
ordinaire, à l'Opéra. Les augustes époux y assistoient.
Quelques minutes avant la fin du dernier ballet,
Mme la duchesse de Berry témoigna le désir de se
retirer. Le duc l'accompagna jusqu'à sa voiture, lui
donna la main pour y monter, et un valet de pied
ferma la portière. Le prince se disposoit à rentrer
dans sa loge, et il étoit déjà retourné pour remon-
ter l'escalier, lorsqu'un individu s'élance sur lui, le
saisit fortement par l'épaule gauche; et élevant le
bras au-dessus de l'épaule droite, lui enfonce au-
dessous du sein droit, entre la septième et la hui-
tième côte, un instrument aigu à deux tranchans,
de la longueur de sept à huit pouces, attaché à une
poignée de bois grossièrement travaillée; le coup fut
asséné avec assez de violence pour pénétrer dans le
corps du Prince de toute la longueur de l'instrument.

Ce n'est qu'avec un sentiment d'horreur que nous
traçons ici le nom de l'assassin; ce nom qui se trouve
désormais accolé à celui des Ravaillac et des Damiens,
et qui doit partager l'infamie de leur immortalité. Il
se nomme Pierre-Joseph Louvel, sellier de profession,
employé seulement depuis trois mois dans la propre
sellerie du Roi; il avoit été soldat du train de l'artil-
lerie de la garde, sous Buonaparte, qu'il avoit même,
dit-on, suivi à l'île d'Elbe: nous ne garantissons pas
l'exactitude de cet énoncé.

Au moment où le Prince se sentit frappé, il porta
la main à sa blessure, et s'écria: *Je suis mort!* Il

eut le courage de retirer lui-même de la plaie le fer meurtrier.

Au cri du Prince, la duchesse s'étoit déjà élancée hors de la voiture, et elle soutenoit dans ses foibles bras son époux chancelant, dont le sang couloit en abondance et *rejaillissoit jusque sur elle*. Le Prince fut porté à l'instant dans la salle de l'administration de l'Opéra, où l'on dressa à la hâte une espèce de lit de camp formé de banquettes et de matelas appartenans à l'établissement. On courut chercher du secours ; quelques hommes de l'art qui habitent dans le voisinage furent bientôt auprès du Prince ; leurs noms doivent être recommandés à la reconnoissance publique ; ce sont les docteurs Bougon, Blancheton, Thérin, Lacroix, Caseneuve et Drogart. Ce furent eux qui administrèrent les premiers soins ; les docteurs Dupuytren, Dubois et Roux arrivèrent ensuite ; on avoit été les chercher à leur domicile, qui est éloigné de l'Opéra.

Après avoir consommé son forfait, l'assassin avoit cherché à s'évader ; poursuivi par les cris des témoins de son crime, il étoit déjà parvenu à tourner la rue de Richelieu ; mais Jean Paulmier, garçon limonadier du café Hardi, entendant les cris qui le poursuivoient, et le voyant s'enfuir précipitamment près l'arcade Colbert, lui barra le chemin en étendant les bras, et le retint ainsi étroitement serré, action courageuse qui pouvait lui coûter la vie, puisque Louvel étoit armé d'un second poignard, dont il auroit pu se servir pour sa délivrance. Aussitôt Desbies, chasseur au 2.ᵉ régiment de la garde royale, commandé par M. le comte de la Poterie, arrive, frappe le meurtrier, le renverse, et avec l'aide du sieur Paulmier, le remet à la gendarmerie du théâtre.

Ce brave chasseur était placé en sentinelle au spectacle ; malheureusement le Prince se trouvoit entre lui et l'assassin, ce qui ne lui permit pas d'apercevoir aucun de ses mouvemens. Après le coup fatal, il s'élança avec une telle impétuosité, qu'il renversa Monseigneur, et poursuivit le scélérat jusqu'au lieu où Paulmier l'avait déjà saisi. Ils le traînèrent au corps-de-garde établi sous le vestibule de la salle. Là, M. le comte de Clermont lui adressant la parole, lui dit :

« Monstre ! qui a pu te porter à commettre un » pareil attentat ? »

« — J'ai voulu délivrer la France de ses cruels » ennemis. »

« — Par qui as-tu été payé pour te rendre coupa- » ble d'un tel crime ? »

L'assassin, avec beaucoup d'arrogance :

« Je n'ai été payé par personne. »

Cependant, MONSIEUR étoit déjà auprès du lit de son malheureux fils, et nous n'avons pas besoin de décrire ce que cette scène eut de déchirant. Quelques minutes après arrivèrent MADAME et M.gr le duc d'Angoulème. M.gr le duc et M.me la duchesse d'Orléans, qui assistoient au spectacle, s'étoient empressés de s'y rendre, et ils furent suivis de M.gr le duc de Bourbon pour qui le spectacle qu'il avait sous les yeux ne fut pas moins pénible que les affreux souvenirs qu'il lui retraçoit.

Dès que M.gr le duc de Berry fut étendu sur son lit de douleur, ses premières paroles furent celles-ci : *« Ma fille, et M. l'évêque d'Amyclée, aujourd'hui » évêque de Chartres. »*

(1) L'infortuné Prince reconnut les personnes qui

_____

(1) *Gazette de France.*

l'entouroient, parmi lesquelles on distinguoit M. le maréchal duc de Reggio, M. le général Belliard, M. le duc de Richelieu, M. de Chateaubriand, etc. S. A. R. leur parla avec une touchante affection, en leur annonçant sa fin prochaine. Le médecin ayant remarqué que son pouls avoit repris de la force, le Prince dit : *Tant pis, j'aurai plus long-temps à souffrir.* Il éprouvoit en effet des douleurs aigües ; bientôt il demanda à voir MADEMOISELLE : on la porta sur le lit de douleur, et l'embrassant avec tendresse, il dit : *Chère enfant, puisses-tu être plus heureuse que ton père et ta famille!* Il s'entretint tout bas avec son auguste frère.

(1) Les secours de l'art, dirigés et appliqués par les plus célèbres praticiens, avoient d'abord apporté quelque adoucissement aux douleurs du Prince ; les saignées à l'un des bras et aux deux pieds avoient eu du succès ; à l'aide de ventouses, on avoit extrait de l'intérieur de la poitrine plusieurs verres du sang qui y étoit épanché. La plaie extérieure débridée laissoit un libre passage à l'écoulement du sang. Vains efforts ! le mal étoit au-dessus de toutes ressources ; et le Prince en étoit lui-même si convaincu, qu'il répéta plusieurs fois au docteur Dupuytren :

« *Je suis bien touché de vos soins, mais ils ne sau-* » *roient prolonger mon existence : ma blessure est* » *mortelle.* »

Dans cette persuasion, le digne fils de saint Louis tourna alors toutes ses pensées vers la religion, qui seule pouvoit lui donner l'espérance de se réunir quelques heures après au plus saint de ses aïeux. Après avoir écouté les paroles du ministre sacré, le duc de Berry

(1) *Journal des Débats.*

confessa à haute voix, en présence de sa famille et de tous les assistans, les fautes dont il se reconnoissoit coupable; il fit cette confession avec autant de simplicité que de résignation, et il demanda pardon à Dieu de ses offenses, aux hommes de celles de ses actions qui auroient pu les scandaliser. M. le curé de Saint-Roch qui survint lui administra les sacremens de l'Église.

Après avoir ainsi satisfait aux devoirs de la religion, le duc de Berry crut pouvoir s'occuper plus particulièrement des objets de ses plus chères affections: il embrassa sa fille, et *lui donna sa bénédiction*. Monsieur, Madame, M.gr le duc d'Angoulême à genoux au pied du lit de leur fils et de leur frère, ont passé toute cette nuit terrible dans les larmes et dans les prières, demandant au ciel d'adoucir les maux du Prince, et formant pour sa conservation des vœux qui ne devoient pas, qui ne pouvoient plus, hélas! être exaucés. Vingt fois leurs prières furent interrompues par les paroles du Prince, qui, au milieu des plus cruelles souffrances, *ne cessoit de demander la grâce de son assassin.*

Sur les cinq heures et demie, le Roi, que l'on avait cru ne devoir avertir que lorsqu'il ne restoit plus aucune lueur d'espérance, arriva. Quel moment pour le monarque! Déjà les symptômes étoient devenus plus graves: la difficulté de respirer et la douleur étoient au comble. Cependant, à la vue du Roi, le duc de Berry sembla retrouver de nouvelles forces, et il employa ses derniers momens à solliciter de nouveau en faveur de Louvel la remise de la peine capitale.

« Sire, disoit-il d'une voix déjà expirante, Sire, » grâce pour l'homme qui m'a frappé!.... Grâce » pour l'homme! (C'est toujours ainsi qu'il a eu la » générosité de le nommer.) Sans doute c'est quel- » qu'un que j'aurai offensé sans le vouloir. »

Le Roi répondit avec l'accent de la plus profonde affliction :

« Mon fils, vous survivrez, je l'espère, à ce cruel
» événement, nous en parlerons : la chose est impor-
» tante, et vaut la peine d'être examinée à plu-
» sieurs fois. »

Les médecins, qui voyoient de minute en minute
approcher le moment fatal, pressoient, avec les plus
vives instances, S. M. de s'épargner la vue du spectacle
douloureux qui se préparoit.

« Je ne crains pas le spectacle de la mort, répondit
» le Roi. J'ai un dernier soin à rendre à mon fils. »
On dit qu'alors MADAME se précipita à genoux, prit
les mains de S. A. R., et s'écria : « *Mon père vous*
» *attend, dites-lui de prier pour la France et pour*
» *nous.* » (*Quotidienne.*)

Ce fut dans cet instant que le Prince expira. Le
Roi, prenant alors le bras de M. Dupuytren, s'appro-
cha du lit, ferma les paupières de son neveu, et lui
adressa un dernier adieu. A cette vue, les sanglots
redoublèrent, et les gémissemens qui retentirent avec
une nouvelle force, franchirent l'enceinte de la salle,
et annoncèrent au peuple, assemblé en foule sous les
fenêtres, qu'il avoit un ami, un père, un protecteur
de moins ; que le duc de Berry avoit vécu.

Conduit dans une des pièces voisines de celle où
étoit étendue sa victime, l'assassin a été interrogé dans
les formes légales par M. le comte de Cazes, par M. le
comte Anglès, et par M. le procureur-général, en présence de M. le baron Pasquier et de M. le comte Siméon.
Voici le précis de ce nouvel interrogatoire, qui n'est
qu'une confirmation et un développement du premier.

Demande. Qui vous a porté au crime que vous venez
de commettre ?

Réponse. Mes opinions , mes sentimens.

D. Quels sont ces opinions , ces sentimens ?

R. Mes opinions sont que les Bourbons sont des tyrans et les plus cruels ennemis de la France.

D. Pourquoi , dans cette supposition , vous êtes-vous attaqué de préférence à M.ᵍʳ le duc Berry ?

R. Parce que c'est le Prince le plus jeune de la Famille royale , et celui qui semble destiné à perpétuer cette race ennemie de la France.

D. Avez-vous quelque repentir de votre action ?

R. Aucun.

D. Avez-vous quelque instigateur , quelque complice ?

R. Aucun.

Tel est le sommaire de cet interrogatoire ; il démontre jusqu'à l'évidence que l'assassin n'avoit aucune raison de vengeance personnelle , et qu'il a agi sous la même inspiration que celle qui poussa Ravaillac à l'assassinat de Henri IV , et Damiens à l'assassinat de Louis XV , c'est-à-dire sous l'inspiration d'un esprit de parti poussé jusqu'au délire et à l'exaltation la plus furieuse.

Du 16. — Nous (1) n'avons pu que peindre bien imparfaitement , dans l'esquisse rapide que nous avons donnée hier , l'état de M.ᵐᵉ la duchesse de Berry , pendant les longues souffrances de son époux. Il est , suivant la belle expression de Bossuet , des douleurs ineffables dont on affoiblit l'idée en essayant de les retracer. Dans un de ces momens où , partagée entre le désir de les adoucir par ses soins affectueux , et l'idée cruelle de leur impuissance , elle paraissait prête à

_____

(1) *Journal des Débats.*

s'abandonner à son désespoir ; le Prince, la regardant avec attendrissement, la conjura *de se ménager pour l'enfant qu'elle portoit dans son sein.* Cette circonstance n'étoit encore que soupçonnée ; la parole qui en confirme la réalité, laisse au moins à la France l'espoir d'une consolation incertaine, il est vrai, mais qu'elle saisira avec autant de confiance que d'empressement. La Providence, qui a fait sortir la maison régnante d'un foible rejeton échappé aux ruines de la famille de Louis XIV, veillera sur ce dépôt précieux, seul et dernier gage de la conservation de cette même famille, et de la succession légitime et directe dans la branche aînée des enfans de saint Louis.

Un jeune homme toucha le sang qui couloit de la blessure :

« *Que faites-vous ?* lui dit le Prince, en le » *repoussant avec douceur ; ma blessure est peut-* » *être empoisonnée.* »

Dans un autre moment, on entendit le Prince dire avec une émotion profonde :

« *Qu'il est cruel pour moi de mourir de la main* » *d'un Français ! Ah ! pourquoi n'ai-je pas trouvé* » *la mort dans les combats ?* »

Quelques instans avant que le Roi eût ordonné à la duchesse de se retirer, et lorsque le Prince, sentant approcher sa fin, témoignoit à sa femme le repentir de quelques erreurs passagères et des chagrins qu'elles avoient pu lui occasionner :

« *Ah ! s'écria-t-elle en fondant en larmes, je le* » *savois bien que cette belle âme étoit créée pour le* » *ciel, et qu'elle y retourneroit !* »

Alors le Prince lui dit d'une voix déjà éteinte :

« *Pour mourir heureux, il faut que je meure dans* » *tes bras, chère Caroline !* »

Ce furent les dernières paroles d'une dernière entrevue. Sur un signe du Roi, la duchesse fut entraînée plutôt que conduite dans un appartement voisin.

Quelques instans auparavant, cet excellent Prince avoit fait des dispositions verbales en faveur de plusieurs personnes qu'il affectionnoit tendrement ; il les avoit recommandées à la bonté du Roi et à la justice bienveillante de son père et de sa femme. Il demanda à voir M. le comte de Nantouillet, qui, depuis trente ans, est le premier officier de sa maison. En le voyant entrer, le Prince lui dit :

« *Venez, mon vieil ami, je veux vous embrasser* » *avant de mourir.* »

M. de Nantouillet n'a répondu qu'en se jetant aux pieds du Prince, et en les baignant de ses larmes.

En quittant le Roi, la Princesse lui a dit avec l'accent du désespoir :

« *Sire, je demande à V. M. la permission de me* » *retirer auprès de mon père ; je ne pourrais jamais* » *habiter la contrée où je perds mon mari par un* » *crime aussi atroce.* »

Rentrée dans ses appartemens, Mme la duchesse de Berry a coupé ses cheveux de ses propres mains !

Quelle que soit son affliction, cette pieuse et magnanime Princesse n'a pas eu de peine à comprendre qu'il lui restoit des devoirs à remplir. Chrétienne, déjà mère une fois, appelée à le devenir encore, son courage a été aussi grand, plus grand que sa douleur : un calme religieux a succédé aux premiers élans de son désespoir ; dès lundi soir, elle s'est retirée au château de Saint-Cloud, accompagné de MADAME qui n'a cessé de lui prodiguer les soins affectueux de la plus tendre sœur, comme de la meilleure amie. Là, Mme la duchesse de Berry, sans cesse prosternée dans son oratoire, prie, invoque le Ciel d'où son époux semble lui sourire et l'entendre, et demande à la religion des forces que les consolations humaines ne pourroient lui donner. Une personne l'a entrevue au moment où elle montoit en voiture · elle étoit enveloppée dans un voile de crêpe noir. Depuis ce temps, inaccessible à tous, excepté aux membres de sa famille qui sont venus pleurer avec elle, la duchesse ne s'entretient qu'avec Dieu.

Faut-il que, par l'inévitable enchaînement des faits, nous nous trouvions obligés de redescendre des plus augustes victimes au misérable auteur de leur maux? Il le faut néanmoins. Surmontons la répugnance que nous éprouvons à tracer son exécrable nom, à répéter ses paroles, à redire ses blasphêmes : rien ne doit rester inconnu de ce qui peut jeter du jour sur les véritables causes de l'assasinat du duc de Berry.

A peine Louis-Pierre Louvel eut-il été conduit dans la pièce où il subit son premier interrogatoire, qu'une porte d'un corridor assez éloigné fut fermée avec force; le bruit sourd et prolongé qui en résulta fit tressaillir l'assassin, et excita sur sa figure naturellement froide et immobile une impression telle, que les spectateurs crurent y démêler moins de surprise que de satisfaction.

« *Je crois, s'écria-t-il brusquement, que j'entends le canon.* »

Quel sens Louvel attachoit-il à ces paroles? L'instruction du procès donnera peut-être le mot de cette énigme singulière qui prête à diverses interprétations, dont la plus simple et probablement la plus vraie, sur-tout lorsqu'on la rapproche d'un autre mot qui lui échappa peu de temps après, on voulut lui persuader qu'il avoit manqué son coup.

« Oh ! répondit-il , je suis bien tranquille ; il mourra
» avant moi ; et si vous voulez que je meure , faites-
» moi exécuter avant les vingt-quatre heures ; *vous*
» *ne savez pas ce qui peut arriver.* »

On lui demanda s'il étoit Français ; voici sa réponse
à cette question :

« Ne voyez-vous pas à ma figure que je suis un bon
» Français? »

L'anecdote suivante , sans se rattacher évidemment
au crime de ce monstre , nous a paru devoir trouver
ici sa place. Elle nous a été racontée par M. Prévot lui-
même , fleuriste de Mme la duchesse de Berry.

Un officier à demi-solde , logé rue et hôtel de Viar-
mes , venoit depuis plusieurs jours acheter des fleurs
dans la boutique de M. Prévot , et chacune de ses
visites étoit marquée par les propos les plus inconvenans
sur M. le duc et Mme la duchesse de Berry. Plusieurs
fois on lui avoit imposé silence ; mais n'ayant jamais
trouvé à la maison que Mme Prévot ou sa domestique,
la présence d'une ou de deux femmes ne paraissoit pas
imposer beaucoup à ce militaire. (1) Samedi matin , la
veille même du crime de Louvel , il se présenta encore
pour acheter des fleurs , et recommença ses indignes
propos sur la Princesse. Mme Prévot ne put contenir
son indignation :

« Comment osez-vous , lui dit-elle , calomnier ainsi
» une Princesse , modèle de bonté , de vertu , de bien-
» faisance ? »

» — Bah ! c'est une fanatique qui n'écoute que les
» prêtres. »

Mme Prévot répondit que Mme la duchesse étoit à
la vérité très-religieuse , mais nullement fanatique , et

_____

(1) Il n'y a pas un soldat français qui ne frémisse d'horreur
en lisant ce récit.

qu'elle ne se laissoit conduire que par l'honneur et le devoir.

« Si cela est ainsi, répliqua le militaire, tant mieux » pour elle; *dans la bagarre nous l'épargnerons.* »

Cet homme est en ce moment sous la main de la justice.

Nous avons donné le sommaire du premier interrogatoire de Louvel. Voici le précis de celui qu'il a subi hier, en présence du corps de la victime, de M. le comte Anglès, magistrat interrogateur; de M. Jacquinot de Pampelune, procureur du Roi; de M. M. Bourguignon, Mars, et de plusieurs autres membres du parquet.

D. Reconnoissez-vous le Prince que vous avez assassiné?

R. Je le reconnois.

D. Je vous somme encore une fois de révéler le nom de vos complices.

R. Je n'en ai pas.

D. Si la justice des hommes ne peut vous engager à dire la vérité, songez à la justice de Dieu.

R. Dieu n'est qu'un mot, il n'est jamais venu sur terre.

D. Qui a pu vous porter à commettre une action si criminelle?

R. J'aurois voulu me retenir que je n'aurois pas pu.

D. Quel a été votre motif?

R. Cela servira de leçon aux grands de mon pays.

D. Persistez-vous à dire que personne ne vous a inspiré l'idée de ce crime?

R. Oui; mais au reste la justice est là; qu'elle fasse son devoir, et qu'elle découvre ceux qu'elle présume être mes complices.

(1) Le lendemain du jour où fut commis ce crime affreux, qui a jeté dans la consternation toute la France, une scène vraiment touchante s'est passée aux Tuileries. Mgr le duc de Bourbon étoit venu apporter quelques consolations aux douleurs qui déchirent l'âme de MONSIEUR. En vain plusieurs personnes conjurèrent S. A. R. de retarder une entrevue si triste. « *Non*, » *répondit le Prince ; puisque je vis encore, je dois* » *profiter des jours que la Providence m'a laissés pour* » *aider mon cousin à supporter un malheur que j'ai* » *moi-même éprouvé.* » Lorsqu'on ouvrit les portes de l'appartement de MONSIEUR, Mgr le duc de Bourbon ne put résister aux sentimens qui l'oppressoient ; ses forces l'abandonnèrent. MONSIEUR se précipita anssitôt pour le soutenir ; et ces deux pères infortunés restèrent long-temps enlacés dans les bras l'un de l'autre.

Le récit qu'on vient de lire, fait connoître toute la magnanimité du Prince chéri, dont nous pleurons la perte. Tels sont tous les Bourbons, dont l'esprit révolutionnaire tait à dessein les vertus pour éteindre notre amour. Cet esprit diabolique, aussi atroce que perfide, n'a pas cessé de s'acharner contre nos malheureux Princes. A peine rendus à la terre natale et à nos vœux, il faisoit déjà retentir autour d'eux, le cri de mort, qu'étouffaient les cris d'alégresse. Aux joies de la terre, aux bénédictions du ciel, le monstre osoit mêler ses horribles blasphèmes, ses épouvantables imprécations. La vivacité, l'impétuosité d'une âme forte et généreuse se faisait remarquer dans le caractère du duc

(1) *Journal des Débats.*

de Berry, et l'a fait juger souvent avec une sévérité plus que condamnable. Sa franchise naturelle et la bonté de son cœur l'empêchoient de se mettre en garde contre l'interprétation du sentiment qui le faisoit agir.

Ce Prince étoit à-la-fois le descendant et la vivante image du grand et bon Henry. Il avoit sa brillante bravoure, sa noble confiance, ses vivacités, sa bonté touchante et auroit eu sa royale fermeté. Confiant autant que son auguste aïeul, lorsque le duc de Berry, après vingt ans d'absence, rentra dans le royaume de ses pères, il n'avoit avec lui que deux compagnons fidèles. Par prudence, on voulut l'engager à ralentir sa marche, et à attendre encore une escorte. *Ah! s'écria-t-il, je puis peut-être trouver en France l'occasion de combattre; mais je n'y trouverai pas un assassin?....*

Ce qui sur-tout a valu au grand Henry le titre de bon, qui durera autant que notre langue, ce sont ses vivacités mêmes, et sa générosité à les réparer.

On connoît sa noble conduite envers Schomberg et une foule de traits de ce genre. Le duc de Berry a donné plusieurs fois de pareils exemples, et réparés avec autant de noblesse et d'affabilité.

Il est des expressions échappées malgré lui au sang impétueux, qu'il tenoit de son aïeul. Il dit un jour, à l'armée de Condé, à un officier plein d'honneur, qu'il avoit repris avec trop de vivacité: « Monsieur, mon » intention n'a pas été d'insulter un homme d'hon-» neur. Ici, je ne suis point un Prince, je ne me » regarde plus que comme un gentilhomme français: » si vous exigez réparation, je suis prêt à vous don-» ner toutes celles que vous pourriez désirer. »

Nous ne pourrons jamais assez faire connoître l'ad-
mirable caractère de bonté du Prince, qui est enlevé
à notre amour, ce qui nous détermine à retracer des
faits connus de milliers d'individus, et qui doivent
être rappelés à la France entière. On y trouvera les
preuves les plus sensibles de ses grandes qualités, de
sa bienfaisance et de sa grande charité.

En 1815, lorsque la révolte poursuivoit la légiti-
timité vers les frontières, le Prince entroit à Béthune,
trois cents soldats crioient : vive l'Empereur! avec une
fureur insultante. Il eut pu les exterminer avec sa
troupe, composée de quatre mille hommes. Le duc
Berry s'élance seul au milieu de ces trois cents hommes, et *crie vive le Roi!* Vains efforts ; ils restent
muets. *Je pourrois vous exterminer, leur dit-il, jusqu'au dernier. Vivez tous et disparoissez.* L'un d'eux
s'écrie : Vive l'Empereur et le duc de Berry! Toute
la troupe répète ce cri insensé de révolte et de reconnoissance.

Le jour qu'on faisoit la translation de la statue
d'Henry IV, L. A. R. Monsieur et M.gr le duc d'Angoulême aperçoivent de leur voiture le duc de Berry,
qui étoit à l'Élisée et lui font signe de venir. Le Prince
en négligé, sans décoration, vole vers eux. La foule
est immense ; il a peine à pénétrer, les soldats le re-
poussent. Quelques voix s'écrient : laissez passer M.gr le
duc de Berry. Alors la foule ouvre le passage ; *pardon
mes amis, disoit-il, mon père m'appelle et mon frère
m'attend.* Quelle touchante expression du plus parfait
naturel qui fut jamais !

Ce fut aux environs de Bayeux que M.gr le duc de
Berry alla seul trouver un régiment qui avoit refusé
jusqu'alors de reconnoître l'autorité du Roi. Il se fit

conduire par le commandant auprès de sa troupe.
« *Braves soldats, leur dit-il, je suis le duc de Berry.*
» *Vous êtes le premier régiment français que je ren-*
» *contre ; je suis heureux de me trouver au milieu de*
» *vous. Je viens, au nom du Roi, mon oncle, recevoir*
» *votre serment de fidélité. Jurons ensemble et crions:*
» *vive le Roi !* » Les soldats répondent à cet appel. Une
seule voix fait entendre le cri de vive l'Empereur! *Ce n'est
rien dit S. A. R., c'est le reste d'une vieille habitude ;
répétons encore une fois vive le Roi !* et alors il y eut
unanimité.

A Versailles, il passait la revue d'un régiment de
cavalerie, dont quelques soldats témoignoient avec
franchise en sa présence un peu de regret de ne plus
combattre sous Buonaparte. « *Que faisoit-il donc de si*
» *merveilleux, leur dit S. A. R.?* » Il nous menoit à la
victoire, répondent les soldats.— *Cela étoit bien diffi-
cile, répliqua le Prince, avec des soldats tels que vous.*

M.ᵍʳ le duc de Berry se rendoit il y a quelque tems
à Bagatelle, dans un cabriolet. En traversant le bois
de Boulogne, il aperçut un enfant chargé d'un panier,
dont le poids excédoit ses forces. Il arrête son cheval,
questionne le petit paysan : mon père m'envoye à la
Muette porter ce panier qu'on attend.—*Mais il paroît
bien lourd ce panier, il te fatigue.*—Dam ! sans doute
mon bon Monsieur ; mais c'est égal. *Donne-le moi,
répond le Prince, je le remettrai en passant.*—Vous
êtes bien bon, ce n'est pas de refus. Le Prince fait
mettre le panier dans son cabriolet, passe à la Muette,
remet le panier à sa destination, revient sur ses pas,
descend chez le père de l'enfant et lui dit : *j'ai rencontré
ton fils ; il ployoit sous le faix dont tu l'as chargé.*

Je l'ai aidé, son panier a été remis tout à l'heure,
Une autre fois, épargne-lui tant de peines. Des far-
deaux si lourds altéreroient sa santé. Tu l'empêche-
rois de grandir. Tiens, achète-lui un âne qui portera
ses paniers. S. A. R. remet une bourse au paysan,
remonte en cabriolet et reprend la route de Bagatelle.

———

Le duc de Berry signala son arrivée à Caen, en
faisant mettre en liberté plusieurs prisonniers détenus
depuis deux ans pour une prétendue révolte occasionnée
par la disette. Le lendemain, au théâtre, où assistoit
le Prince, le maire eut l'heureuse idée de faire venir
ces pauvres gens, et au lever de la toile on les vit à
genoux avec leurs femmes et leurs enfans, levant leurs
bras vers le Prince et bénissant leur généreux bienfaiteur.

Le consul de France, à Anvers, avoit proposé à
M.ᵍʳ le duc de Berry, d'acheter quelques tableaux
précieux dans une vente publique. Le Prince y avoit
consenti ; et le consul avoit prié S. A. d'envoyer un
connoisseur capable de faire de bons choix. Quelque
tems après il reçut du Prince une lettre :
« *Mon cher monsieur Despalières, j'ai réfléchi à*
» *votre proposition, et j'ai résolu d'ajourner l'em-*
» *plète dont je vous avois chargé. Dans un tems où*
» *mes pauvres appellent toute ma sollicitude, je me*
» *reprocherois d'acheter si cher un plaisir dont je*
» *puis me passer.*

———

M.ᵍʳ le duc de Berry donnoit régulièrement de six
à sept mille francs aux pauvres de sa paroisse. Il est
reconnu qu'il distribuoit en aumônes plus de 300 mille
francs par an.

Son cœur généreux étoit toujours ouvert à l'impulsion de la plus tendre bienfaisance et de la plus active charité. En quittant son palais, qu'il ne devoit plus revoir, ses dernières paroles furent *un ordre d'envoyer mille francs aux pauvres de Paris.*

Quel plus touchant éloge pour ce bon Prince, qu'ont assassiné ces doctrines perverses impunément répandues par les journaux libéraux, que l'action de cette pauvre femme, qui mettant sa jupe en gage pour faire dire une messe pour l'âme de son bienfaiteur, s'écrioit en fondant en larmes: je dois la vie à ses aumônes, et bien souvent le Prince m'a mis en état de dégager mes hardes du mont-de-piété.

Nous pourrions citer mille autres traits et aussi caractéristiques. Ils ajouteront encore à la douleur publique, et elle s'augmente de l'effroi que nous cause la possibilité des mêmes dangers pour la famille royale. Le même poignard plane sur toutes les têtes de cette auguste famille. Les doctrines impies l'ont forgé. Hélas! ce n'est point le crime d'un particulier, et on ne mettra plus en doute s'il y a eu un complot, une conspiration, en lisant l'adresse prononcée par M.ᵉ Séguier, Président de la Cour royale de Paris: elle est au-dessus de nos éloges.

« SIRE,

» Vous dire que nous sommes Français et pères, c'est vous exprimer combien le coup qui a frappé votre cœur royal, a pénétré profondément dans nos âmes.

» Mais sans plus vous exposer des regrets tardifs et des larmes vaines, nous remplacerons les accens de la plainte par ceux de la vérité.

» Oui, Sire, il existe une conspiration permanente contre les Bourbons, et dans la consternation générale on a vu des joies féroces. Le sang si pur, qui a déjà tant coulé, n'auroit-il qu'irrité la soif ? Ah ! Sire, veillez sur vous, veillez sur tout ce qui vous entoure ; nous vous en conjurons au nom de la société désolée du présent, épouvantée de l'avenir. Daignez songer sans cesse à la conservation de ce qui nous reste d'une race si précieuse, si nécessaire au repos de la France et de l'Europe.

» Si V. M. pensoit que les magistrats pussent la servir encore efficacement, rendez-leur des moyens dont l'utilité n'est point oubliée, et quelque dure, quelque périlleuse que devînt leur condition, rien ne les rebutera, rien ne les arrêtera ; satisfaits de mettre leur corps au-devant des traits dirigés contre votre Personne sacrée et votre Famille auguste, ils n'auront d'autre pensée que celle du devoir, d'autre ambition que celle de la fidélité, et leur récompense sera dans leurs sacrifices. »

F I N.

www.ingramcontent.com/pod-product-compliance
Lightning Source LLC
Chambersburg PA
CBHW061630180626
46818CB00005B/2319